Alte Mühlen an der Jenaer Leutra

Gewidmet
meiner Frau Allmut
und ihren Geschwistern,
die in Jena aufgewachsen sind,

Heimatleseheft Jena Nr. 2

Alte Mühlen
an der Jenaer Leutra

Von
Johannes Bescherer

Adolf Giltsch

Maria Holzey

Albert Böhm

Herausgeber:
Rat der Stadt Jena – Abt. Volksbildung
1956

Bearbeitet und herausgegeben von

© Wolfgang Buddrus, November 2021

Herstellung und Verlag:

BoD – Books on Demand, Norderstedt

ISBN: 9783755741262

DIE GESCHICHTE VON DER LEUTRA

I. Die Leutra

Eines schönen Sommertages rief der Großvater die Kinder und sagte: „Kommt, Kinder, wir machen heute einen Ausflug. Habt ihr Lust?" – „Au, fein", riefen die Kinder. Die Mädel nahmen eine große Tüte voll Kirschen aus Großvaters Garten mit. „Wir fahren erst einmal mit der Straßenbahn ins Mühltal", sagte er.

Laut surrte der Motorwagen, es ging vom „Kupferhütchen" an immerzu aufwärts. Dann waren sie an der Papiermühle, stiegen aus und wanderten ins Mühltal hinein. Im Schatten unter den großen Bäumen und neben dem murmelnden Bach gefiel es den Kindern so gut, daß sie bald ein Lied anstimmten. Horch, was sangen sie? „Das Wandern ist des Müllers Lust." Als sie an eine kleine Weise kamen, schlug Großvater eine Rast vor. „O ja", jubelten die Kinder. Die Jungen stiegen gleich ein Stück den nahen Abhang hinauf, um den Güterzug besser zu sehen, der von Großschwabhausen herabgebraust kam und sie eine große Riesenschlange durch die Kurven eilte. Die Mädel aber pflückten bunte Blumen. Danach setzten sie sich zum Großvater und machten sich Kränze davon.

Dann wurden die Kirschen verteilt, und auch die Jungen waren schnell wieder da und aßen tüchtig mit. Nun bauten sie ein kleines Wehr im Bache, bastelten aus drei Hölzchen ein Mühlrad, sichten sich zwei Astgabeln, und bald drehte sich das Rädchen munter im Wasser, plätscherte und warf funkelnde Tropfen in die Höhe. „Jetzt wissen wir auch, woher das Mühltal seinen Namen hat", neckten die Mädchen, und die Jungen lachten.

„Hier muß es aber doch wirklich Mühlen gegeben haben, wenn das Tal Mühltal heißt", meine der kleine Reinhard nachdenklich. „Denkst du, das bißchen Wasser hier könnte eine richtige Mühle treiben?" warf der große Dieter ein. „Alle beide habt ihr recht", sagte der Großvater. „Das kann ich euch ganz genau erzählen." – „O ja, bitte fang an, das ist aber prima", rief es von allen Seiten. Denn die Kinder wußten, Großvater konnte alles so wunderbar ausmalen. Man sah förmlich vor den Augen, was er berichtete.

„Ihr sitzt hier an der Leutra, sie ist ein bescheidenes Bächlein und kommt aus dem Großschwabhäuser, der Isserstedter und dem Münchenrodaer Grund. Doch eine andere Mühle als die eure kann sie kaum treiben. Davon kann unser Tal nicht ‚Jenaer Mühltal' heißen. Aber Kinder, das war einmal anders. Die Leutra war früher ein starker Bach, denn es flossen noch sechs Quellen hinein. Vorhin sind wir am Pumpwerk verbeigegangen. Das saugt das Wasser aus diesen starken Quellen heraus und drückt es mit elektrischen Pumpen in die Jenaer Wasserleitung, damit ihr euch waschen und baden könnt, und damit eure Mutter Wasser zum Kochen hat." – „Und damit deine Kaffeekanne nicht leer wird", meinte Christine schelmisch. „Und damit der Vater sich rasieren kann", lachte Brigitte. „Ja, und damit Reinhards Ohren immer schön sauber sind", schmunzelte der Großvater und fuhr dann mit seiner Erzählung fort.

„Also bei den sechs Quellen waren wir. Zwei Quellen sind weit hinten im Mühltal, die Rosentalquelle und die Zigeunerquelle. Eine weitere Quelle heißt die Hungerquelle, denn sie läßt uns im trockenen Jahren manchmal ein bißchen nach Wasser hungern. Aber die drei anderen hier vorn beim Pumpwerk sind stark und fließen immerzu.

Das Wasser, das oben auf die Cospedaer Felder regnet, sichert durch und kommt unten am Fuß des Nasenberges wieder heraus, und eine von den drei starken Quellen hieß deshalb früher Nasenborn." – „Ach ja, Nasenkuppe und unten dran ein Nasenbörnlein, das ist wie beim Schilaufen im Winter", lachte

Dieter. „Der Berg sieht wie die Nase eines Riesen aus und hat unten auch noch eine tüchtige Warze." – „Ja, die Lutherkanzel", platzte Brigitte heraus, „aber du kommst mir ein bißchen frech vor, Dieter. Großvater, hat Luther wirklich dort auf der Kanzel gepredigt, und die Jenaer sind hinausgewandert wie wir?"

„O nein, die Lutherkanzel hat mit Martin Luther gar nichts zu tun. Dicht unter ihr liegt die Leutraquelle. Früher, vor über 1000 Jahren, in der alten deutschen Sprache, hieß die Leutra luteraha mit langem u gesprochen. Luter ist lauter, sauber, und aha ist Ache, Wasser, und luteraha bedeutet sauberes, klares Wasser. Das hat die Leutra heute noch, und daher hat sie also ihren Namen. Dort oben der Felsvorsprung hieß nun früher luteraha-Kanzel. Später wußten die Leute nicht mehr, was luteraha bedeutet und dachten, es hätte etwas mit Luther zu tun."

„Als ich ein kleiner Junge war, gab es hier beim heutigen Pumpwerk eine wunderschöne Spielstelle", sagte der Großvater. „Hier war ein richtiger Wasserfall von den Quellen herunter nach der Leutra zu. Das Wasser sprang über große Steine, sie waren dick mit Moos und Algen bewachsen, und wie gern und wie schön haben wir hier gespielt! Neulich habe ich in einer Ausstellung ein Bildchen von diesem Wasserfall gesehen, das hat der Professor Ernst Haeckel gemalt, und das hat mir so viel Freude gemacht." – „Das glaub ich", versetzte Reinhard, der Wasserplantscher, „der Wasserfall müßte heute noch da sein, da würden wir erst am Abend heimgehen und überhaupt an jedem freien Tag dort spielen!"

II. Die Mühlen im Mühltal

„Kinder, wir wollen jetzt aufbrechen", sagte Großvater. Er zeigte ihnen die Stelle, wo die drei starken Quellen am Nasenberg entsprangen, die Leutraquelle, der Nasenborn und – die Papiermühlenquelle. „Vorhin habt ihr die Kindermühlen gebaut, die die Leutra heute gerade treiben kann. Aber als die alten Quellen noch nicht in der Wasserleitung verschwanden, waren sie so stark, daß die Leutra etwa zehn Mühlen trieb. Die erste lag gleich nahe an den Quellen. Dankt mal, schon im Jahre 1296, vor über 650 Jahren wurde sie eingerichtet, sie hieß die Nasenmühle, denn sie lag unter dem Nasenberg und mahlte Getreide. Vor 300 Jahren wur4de eine Papiermühle. Sie zerstampfte die Lumpen, und daraus machte man damals Papier." – „Aber Großvater, das Gasthaus zur Papiermühle sieht wirklich nicht wie eine Mühle aus", meinte Brigitte. – „Es hat kein so hohes Dach und gar keine Spur von einem Mühlrad." – „Du hast recht, Brigitte, aber es ist ja auch ein neueres Haus aus dem Jahre 1892. Die alte Mühle ist völlig abgebrochen worden."

Sie gingen am Gasthaus zur Papiermühle vorbei, hinunter an die Leutra. Die Jungen ließen ein paar Holzstücke schwimmen und liefen mit ihnen um die Wetter oder machten sie wieder flott, wenn sie hängen blieben. Es war zu schön am Wasser! Nach einer Viertelstunde waren sie an der Weidigsmühle. Nun rief der Großvater die Kinder zusammen, und sie setzten sich ans Leutrabächlein.

„Ihr seht, im Gehöft der Weidigsmühle sind jetzt Wohnungen eingerichtet. Aber als ich noch klein war, klapperten hier die Räder und Mahlgänge, und das Wasser rauschte über das große Mühlrad. Auch diese Mühle hat es schon vor 1400 gegeben, wie fast alle anderen."

„Von der Papiermühle bis hierher waren es wenigstens noch drei, vielleicht aber fünf Mühlen. Man kennt sich manchmal mit ihren Namen nicht ganz aus. Die Schleifmühle war die erste. Dann kam die Krötenmühle. Sie wurde nach den Kröten genannt, die gern an feuchten Orten leben. Die nächste Mühle war die Paraschkenmühle. Der Müller hatte neben ihr eine Gastwirtschaft eingerichtet, wie die Müller überhaupt gern ihre Mühle mit einer Gastwirtschaft verbanden. Die Paraschkenmühle selbst steht heute zwar nicht mehr, aber das rote Gebäude, das ihr vorhin saht, war noch bin vor we4nigen Jahren die Gastwirtschaft zur Paraschkenmühle. Danach folgten die Kexmühle und zuletzt die Kupfermühle, in der Kupferblech mit großen Hämmern breitgeklopft wurde. Denn das brauchten früher die Klempner, um Kessel, Backformen, Pfannen und Schüsseln herzustellen."

Papiermühle

„Am 29. Mai 1613, kurz vor dem Dreißigjährigen Krieg, hat ein riesiges Hochwasser die Schleif- und die Kupfermühle ganz weggerissen, sie wurden gar nicht wieder aufgebaut. An diesem Tage waren bei Weimar und Erfurt furchtbare Wolkenbrüche niedergegangen, und die Menschen nannten dieses Hochwasser die ‚thüringische Sintflut'".

„Mit der Leutra ist überhaupt nicht immer zu spaßen. Als ich noch zur Schule ging, war am 25. September 1909 auch ein schlimmes Hochwasser. Da reichte unser sonst so kleiner Bach von der „Weidigsmühle fas bis an die Lutherstraße hinüber. Zwei Menschen sind damals ertrunken. Am Volkshaus und an der Post waren richtige Seen, und wir fuhren in Waschwannen über die Straßen." – „Großvater, wie schade, daß wir da noch nicht lebten", riefen die Jungen.

Aber die Mädel baten: „Großvater, erzähle bitte weiter von den Mühlen. Nun wissen wir auch, warum es ‚Mühltal' heißt." „Na freilich, und von der Weidigsmühle an gab es mindestens noch sechs Mühlen. Die erste hieß die Naumühle, das war die neue Mühle. Sie hieß nach ihren Besitzern auch Schröters- oder Ranismühle. Die nächste war die Plumpmühle. Sie war als Walkmühle eingerichtet und schlug und stampfte mit schweren Balken auf dem harten und steifen Lodenstoff herum, bis er ganz weich wurde. Dicht danach folgte die Ölmühle, in der heute ein Studentenheim eingerichtet ist. Früher war dort auch ein Gasthaus. Von der Westschule aus könnt ihr noch sehen, wo das Gehäuse für das Mühlrad stand. In der Ölmühle wurde Öl aus Lein ‚geschlagen' oder gequetscht und Gewürze wurden gemahlen. (Tor der Ölmühle im Titelbild.)

Und nun wurde die Leutra geteilt, ungefähr da, wo jetzt die Westapotheke steht. Die ‚Wilde Leutra' floß nach rechts zur Saale wie heute noch." – „Wo fließt sie denn da?" fragte Christine.

„Man sieht sie doch gar nicht in der Stadt." – „Freilich nicht, heute ist sie unsichtbar", erklärte der Großvater. „Ganz früher, als Jena noch gar keine Stadt war, hatte die Leutra ihr Bett an der tiefsten Stelle und floß etwa da, wo heute Abbestraße, Engelplatz und Grietgasse sind, der Saale zu. Natürlich überschwemmte die Leutra bei Hochwasser dieses Gebiet jedesmal. Als nun die Stadtmauer errichtet wurde, fürchteten die Leute diese Überschwemmungen und gruben ein tiefes Bachbett, beinahe eine Schlucht an der Stelle, wo heute Haeckelplatz und Haeckelstraße liegen. Durch diese Schlucht leiteten sie die Leutra besonders Hochwasser. Das war sehr klug." – „Wo blieb denn die Leutra sonst?" fragte Dieter. „Davon erzähle ich euch später noch", erwiderte der Großvater. „In der Schlucht brauste das Wasser dahin, die Menschen nannten es die ‚Wilde Leutra'. Als nun Häuser gebaut und Straßen eingerichtet wurden, baute man über die Leutra einen langen Tunnel und darüber die Jahnstraßen, den Carl-Zeiss-Platz, den Haeckelplatz und die Haeckelstraße. Gelt, den Tunneleingang bei der Blumenstraße und den Tunnelausgang bei der Erbertstraße habt ihr schon gesehen? Das letzte Stück wurde vor dem zweiten Weltkrieg fertiggewölbt.." – „Durch den langen Tunnel möchten wir sooo gern einmal durchkriechen, und da würden die Leute staunen!" riefen die beiden Jungen. „Ja, wie die Neger kämt ihr heraus", regten sich die Mädchen auf, „und die Polizei würde euch schon sagen, was ihr für Kerle seid!"

Nun erzählte der Großvater weiter: „Die Leutraschlucht hat Goethe gezeichnet, mit Schillers Gartenhaus. Das Bild habe isch on öfters gesehen. Und dort hätte es euch sicher so gut gefallen, sie Schillers Kindern. An der jetzigen Westbahnhofstraße führte eine hohe Brücke darüber. Häuser gab es damals in diesem ganze Stadtteil an der Leutra entlang überhaupt nicht, die wurden alle erst in den letzten hundert Jahren gebaut. Der ‚Lutterborn', eine starke lautere Quelle, floß in die Leutra, wo sich heute der Anfang der Lutherstraße und das Volkshaus befinden."

III. Die Mühlen in der Stadt

„Kinder", fuhr der Großvater fort, „die andere, die linke Leutra trieb noch mehrere Mühlen. Die Ziegelmühle oder Gerhardsmühle lag an der oberen Ecke der heutigen Kliniken, nahe beim Ziegeltor und bei einer Ziegelei und gehörte einige Zeit der Familie Gerhard. Hier standen die ersten Häuser der Vorstadt.

Habt ihr eigentlich schon gemerkt, daß immer da, wo eine Mühle war, nun eine abfallende Straße läuft?" fragte der Großvater. „Die Leutra rannte Hals über Kopf zum nächsten Müller, und der sagte zu ihr: ‚Hast du genug Wasser, damit du mein Mühlrad treiben kannst?' Und nun lief die Leutra von der Ziegelmühle an gar mitten auf der Straße in einer Rinne weiter. Überlegt euch mal, sie diese Straße noch heutigentages heißt'" Die Kinder rieten ein bißchen hin und her, bis Dieter auf die ‚Bachstraße' kam.

„Ja, aber nun hatte die Leutra außer dem Antreiben der Mühlen eine Aufgabe: Zu den drei Fischteichen neben dem Teichgraben lief eine Rinne mit Leutrawasser." – „Und schmeckte den Fischen", warf Brigitte ein.

Inzwischen waren sie am Johannistor angekommen, und Großvater holte die Kinder zu sich. „Es schmeckte auch den Menschen. Seht, hierher kam seit etlichen hundert Jahren schönstes lauteres Leutrawasser in einer Extra-Röhrenleitung aus Holz von draußen aus dem Mühltal. In der Nähe der Paraschkenmühle war es abgeleitet. Und dort in dem kleinen Häuschen mit der Buchhandlung vor dem Johannistor war ein ‚Röhrkasten'. In diesen lief das Trinkwasser hinein und wurde durch verschiedene Röhren in die Röhrbrunnen geleitet. Dort plätscherte das Wasser in Holz- oder Steintröge, und Kinder und Frauen holten es in ihre Wohnhäuser, denn eine Wasserleitung hatte früher niemand zu Hause. Ein Röhrbrunnen stand auf dem Markt, einer am Kreuz, einige an Straßen und anderen Plätzen und einen kennt ihr selber." – „An der Saalstraße, den lieben Löwenbrunnen", rief Reinhard fröhlich. „Gelt, der gefällt allen Kindern," sagte der Großvater.

„Der Löwe ist ja noch nicht so alt wie der Röhrbrunnen. Aber er steht so treuherzig und friedlich da und speit immerzu Wasser aus seiner Brust."

„Nun gehen wir weiter, wie das offene Leutrawasser lief." Er führte die Kinder die Johannisstraße ein Stück hinein und rechts am Eichplatz entlang. „Hier auf dem Platze standen früher Häuser, und dieser Pflasterweg bei Kästners war die Jüdengasse. Da brauste die Leutra über das Rad der Jüdenmühle im Hause Sevin in die Leutragasse hinunter." – „Lief es richtig in der Leutrastraße weiter?" fragte die kleine Christa ängstlich, „da wären doch meine Schuhe naß geworden." – „Na ja, Christa, immer in einer Rinne, in einem kleinen, offenen Steinkanal entlang. Die Straßen im alten Jena waren alle schief gepflastert, mit einer schrägen Böschung zur Wasserrinne hin. Denn da wurde jede Woche Wasser durchgelassen, oder wenn es nötig war, auch jeden Tag, und die Straßen wurden frisch gewaschen und gefegt. Unser Jena war als eine der saubersten Städte weit und breit bekannt und berühmt." – „Ach", meinte Brigitte und sah ihre Hände und ihr Kleid an, „und heute ist Jena durch seinen Schmutz bekannt, soviel Papier liegt überall herum! Hätten wird och die gute Leutra in den Straßen!"

Großvater ging mit seiner kleinen Schar zum Markt. An der Göre in der linken Ecke machte er Halt. „Hier klapperte die letzte Mühle am rauschenden Bach, die Marktmühle. Von ihr aus floß die Leutra zur ‚Lache' am Kupferhütchen. Die Lache war nichts zum Lachen. Sie war ein linker Saalearm, den kennen sogar euer Vater und eure Mutter noch genau. Jetzt ist er ganz zugeschüttet. Da mündete die fleißige und tüchtige Leutra in die Saale. Von der Lache wurden noch die Brücken-, die die Tonnen- und eine Walkmühle angetrieben, und vom Hauptarm der Saale der Saale die Schneidemühle am Eisrechenwehr und die Rasenmühle am rasenmühlenwehr. Diese beiden könnt ihr heute noch an den alten Gebäuden erkennen. So viele Mühlen gab es im alten Jena, denkt mal an!"

Die alte Walkmühle

Nun sprangen die Kinder durch das enge Mühlgäßchen zum Löwenbrunnen und wuschen sie die Hände und kühlten die Arme unter dem frischen Wasserstrahl. Der Großvater aber versprach ihnen auf dem Heimweg: „Heute abend lese ich euch eine schöne Geschichte vor, wie die alte Stadt Jena durch die Leutra ausgefegt wurde." – „O fein", jubelten die Kinder. Sie freuten sich sehr darauf.

IV. Die Straßenfege mit Leutrawasser

Nach dem Abendessen kamen die Kinder in Großvaters Stübchen. Der Käfig des Kanarienvogels war zugedeckt. Die alte Wanduhr tickte gleichmäßig und ruhig vor sich hin. Großvater hatte seine Pfeife angesteckt und saß in der Sofaecke. Das alte Schichtenbuch hatte er schon in der Hand. Christine und Reinhard schmiegten sich an ihn. Die beiden Großen saßen auf den Armlehnen und baten um die versprochene Geschichte. Kurzum, es war die richtige Stunde zum Vorlesen und Zuhören, und Großvater begann:

„Es war der Sonnabend vor Pfingsten. Die Mittagsglocke hatte geläutet, und das Mittagessen war in den meisten Häusern beendet. In den engen Straßen und Gassen war es heiß, und vor den Häusern lagen mancherlei Schmutz und Abfälle. Die vom Großreinemachen vor den Festtagen und von den Vorbereitungen herrührten.

Da rief der Röhrmeister seinen Gehilfen. ‚Wir wollen das Fegewasser loslassen', und sie öffneten den kleinen Stau am Johannistor. Die beiden Müller an der Jüdengasse und am Markt hatten ihre Mühlräder schon stillgelegt und das Wasser an ihren Mühlen vorbeifließen lassen, denn sie wußten, daß nun bald keine

Wasser mehr zu den Mühlrädern kommen würde. Und nun rannen die Leutrawellen vom Johannistor aus in die Stadt hinein.

In der Johannisstraße an der Toreinfahrt des Hauses ,Zum weißen Einhorn' stand frau Susanna Amthorin und schickte ihre Magd mit dem Besen hinaus, daß sie den Schmutz vom schiefen Pflaster hineinfegte in die tiefere Rinne, wo das flinke Wasser als mitnahm. Der kleine Peter vom ,Rothen Hirsch' schwang seinen Reisigbesen schon fleißig. Seine Mutter guckte oben zum Butzenscheibenfenster heraus und rief ihm zu: ,Vergiß den alten Knochen nicht, sonst schleppt ihn unser Spitz wieder ins Haus!" Dann sprang ein Teil des Wassers in die Jüdengasse und die Rinne hinunter und währenddessen kamen aus jedem Hause die Frauen, die Mägde oder Kinder mit Rutenbesen herbei. Sie kehrten und schrubbten, bis ihr Straßenstück blitzsauber war. In der Leutrastraße schmunzelte die Magdalena Köhlerin, als sie ihre Arbeit beendet hatte. Auch in der Kollegiengasse floß Wasser. Es rann aus der Krautgasse kommend durch die Stadtmauer.

Zwei Jungen, Heinrich Töpfer und Matthäus Hahn, liefen ihren Holzschuhen nach, die als lustige Schifflein durch die Kollegiengasse4 schwammen. Aber dort kamen sie der dicken Backmeisterin in die Quere, die mit dem Besen auf die Jungen lossprang. ,Vorigen Mittwoch habe ich euch erst gesagt, daß ihr ein eurer Gasse blieben sollt', schrie sie erbost und hochrot vor Zorn. Jedoch die Holzschuhe waren schon am Rathauseck angelangt, wo sie ein Wirbel von rechts aus der Löbderstraße durcheinanderdrehte, so daß die Jungen lachend und prustend nach ihren Schiffchen griffen.

Der Bürgermeister guckte gerade aus dem Fenster seiner Amts-
stube und freute sich so über das muntere Spiel, daß er auf seinen
dicken Bauch klopfte. Aber er strahle auch über das ganze Ge-
sicht, weil seine Stadt Jena durch die Leutrafege so sauber war
wie selten eine, und da mußte man schon bis Braunschweig gehen.

Auch vom Stadtgraben her kam durch das Löbdertor ein
Fegewasser angeplätschert. Das lief über die Löbderstraße zum
Markt. Dort hatten die Ratsdiener Kapar Busch und Konrad Her-
tel gerade die Verkaufstische weggeräumt. Nun kehrten sie die
Marktabfälle hinein in die kleine Wasserflut. Nur die langweilige
Hohmännin hatte noch nicht fertig zusammengeräumt und stand

nun lamentierend und keifend im Fegewasser. Das aber spülte Strohreste und Blätter , Taubenfedern und Schmutz in einem gurgelnden Schwall ‚Unter dem Markt' weiter in die Ober- und Unterlauengasse. Am Saumarkt (etwa wo heute das ‚Astoria' steht) waren ein paar Läuferschweine ausgerissen und spritzten den Mann, der sie fangen wollte, von oben bis unten voll Schmutzwasser. Der Hauswirt vom Haus ‚Zum Löwen' sprang schnell in seinen Flur zurück, als die wilde Jagd bei ihm vorbeiraste.

Am Saaltor aber kamen alle Leutrafegewässer wieder zusammen, die vom Johannis- und die von Löbdertor. Klar und rein waren sie in Stadt hineingeflossen, und wie sahen sie nun aus! Sie waren schwarzbraun und angefüllt mit Abfällen. Drüben beim Kupferhütchen mündeten sie in die ‚Linke Saale', in die ‚Lache'. Die Fischen kamen in Scharen herbeigeschwommen und freuten sich auf das, was sie ‚schnabulieren' konnten und wurden dick und rund davon.

Die alte Stadt Jena aber war von der Bachstraße bis zum Saaltor und vom Löbdertor bis zur Unterlauengasse wieder einmal blitzsauber. Die Jungen holten Maibäume und setzten sie neben die Haustüren. Und nun konnte Pfingsten kommen."

Der Großvater hatte geendet und legte das Buch beiseite. „Das war aber eine schöne Geschichte!" rief Reinhard. „So eine Leutrafege müßten wir jetzt noch haben, und da liefe ich jedesmal mit meinen Schuhen um die Wette, und da kaufte ich mir einen großen Besen und schrubbte vom Johannistor an durch alle Gassen, und da würde ich Röhrmeister!" – „Großvater, vielen Dank und eine gute Nacht", sagten die Kinder. Und ehe sie in ihren Betten gingen, machten sie im Nachthemd noch einen Umzug in ihrem Zimmer und und sangen laut schallend die Liedverse, die sie der Großvater einmal gelehrt hatte:

18

Und in Jene lebt sichs bene,

und in Jene lebt sichs gut

./. Bin ja selber drin gewesen, ./.

sechs Semester wohlgemut.

Und die Straßen sind so sauber,

sind sie gleich ein wenig krumm.

Denn ein Wasser wird gelassen

Alle Wochen durch die Straßen

./. in der ganzen Stadt herum. ./.

PLÄNE DER LEUTRA UND DER MÜHLEN

Mühlen in Jena

1. Von der Leutra getrieben:

   a) Im Mühltal

   P = Papiermühle (oder Nasenmühle)
   Sch = Schleifmühle (1613 zerstört)
   P = Paraschkenmühle
   K = Kupfermühle (1613 zerstört)
   W = Weidigsmühle
   N = Neumühle (oder Schröters-, auch Ranismühle)
   Ö = Ölmühle
   P = Plumbmühle
   Z = Ziegelmühle (oder Gerhardsmühle)

   b) Im Stadtkern

   J = Jüdenmühle (oder Franken-, auch Mitzenmühle)
   M = Marktmühle (oder Butenitzermühle)

Anmerkung: Anfang des 17. Jahrhunderts dürfte die Leutra elf Mühlen gerieben haben. Noch im vorigen Jahrhundert waren es deren acht, nämlich die mit vollem Kürzungsbuchstaben und Zeichen im vermerkten. Erst um 1890 stellten die letzten ihren Betrieb ein, da die Stadt dieses Wasser an der Quelle als Trinkwasser ableitete. An der Ziegelmühle zweigte ein Arm der Leutra ab und floß in mehreren Armen durch die Stadt. Die heute zugeschüttete Wasserführung wurde im Plan auf Seite X dargestellt.

2. Von der Saale (bzw. Lache) getrieben:

   a) An der Saale

   R = Rasenmühle
   Sch = Schneidemühle (von J. Mm. Richter)

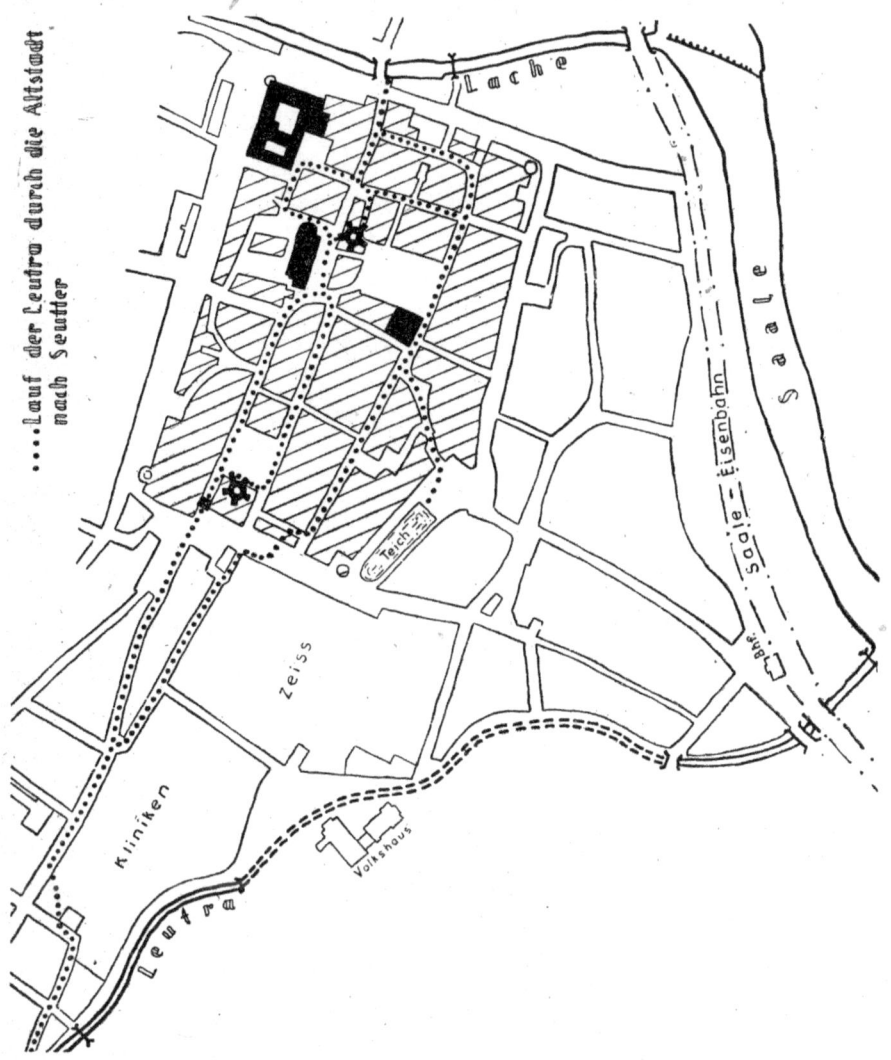

b) An der Lache

T = Tonnenmühle
B = Brückenmühle (auch Saalmühle)
W = Walkmühle
H = Hartungsche Schneidemühle

Anmerkung: Die Lache war ein künstlich angelegter Nebenarm der Saale. Er wurde 1936 zugeschüttet. Der genaue Standort der Walkmühle an der Lache konnte nicht ermittelt werden.

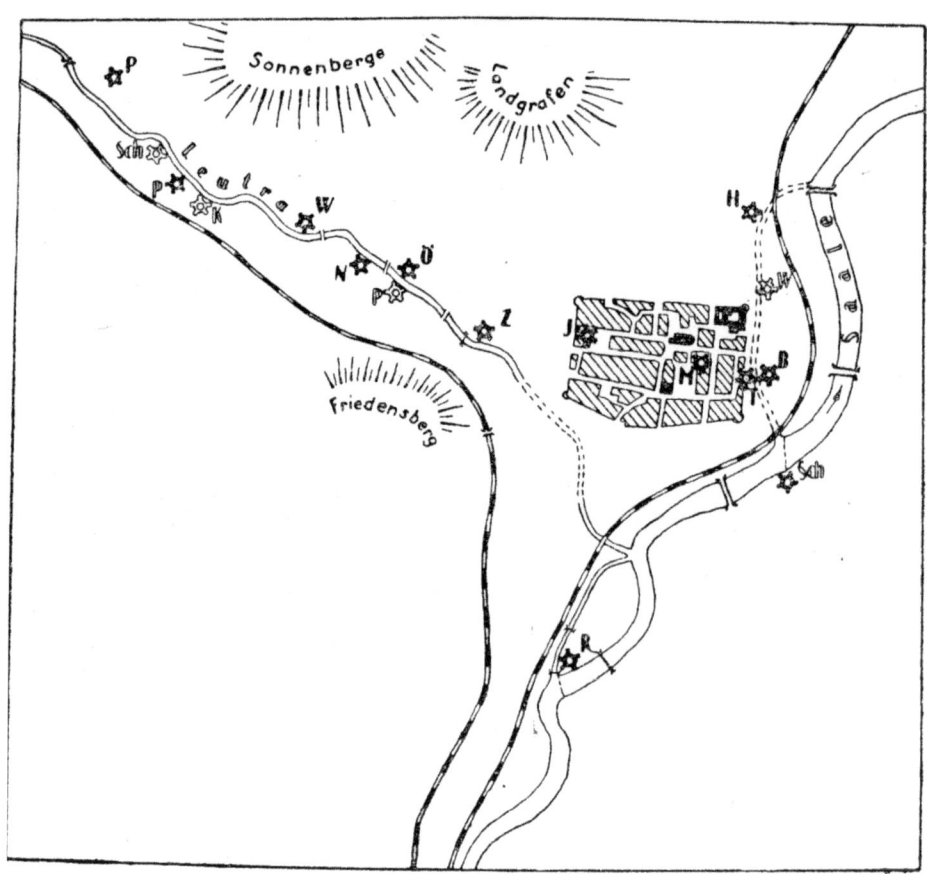

Literaturangabe:

Gerhard Buchmann: Die Papiermühle bei Jena. Beiträge zur Geschichte der Stadt Jena, Heft 3. Frommannsche Buchhandlung Jena.

Herbert Koch (Hg.): Architectus Jenensis des Mag. Adrian Beier. Jena 1936, Bernhard Vopelius.

Herbert Koch (Hg.): Das Geschoßbuch der Stadt Jena vom Jahre 1406. Jena 1932, Bernhard Vopelius.

J. C. Zenker (Hg.): Historisch-topographisches Taschenbuch von Jena und seiner Umgebung, besonders in naturwissenschaftlicher und medizinischer Beziehung. Jena 1836, Friedrich Frommann.

WIE FRÜHER IN JENA PAPIER HERGESTELLT WURDE

„Es klappert die Mühle am rauschenden Bach, klipp, klapp."
Wohl jeder kennt dieses alte Lied. Und wohl jeder kennt auch
wenigstens eine alte Mühle, die in der näheren oder weiteren
Umgebung seines Heimatortes steht. Wie Hübsch war es früher,
dem großen Mühlrad zuzuschauen, wie es langsam oder schneller vom Wasser gedreht wurde! Und innen in den Mühlen ist es
so geheimnisvoll dunkel. Mühlen haben wirklich etwas Besonderes an sich, nicht nur die alten Wasser- oder Windmühlen. Sogar
die modernsten Mühlenbetriebe haben diesen Zauber noch nicht
ganz verloren. Und das ist erklärlich; wird doch in ihnen das
reife Korn in feines weißes Mehl verwandelt, aus dem kräftiges
Brot und feiner Kuchen gebacken werden.

Aber nicht nur Mahlmühlen gibt es, in denen Getreide zu Mehl
vermahlen wird. Es gibt auch noch andere Arten von Mühlen. In
den Sägemühlen werden die Baumstämme zu Balken und Bret-
tern geschnitten. In den Ölmühlen wird das Öl aus den Samen
oder Früchten von raps, Mohn, Sonnenblumen und anderen Ölf-
rüchten gepreßt. Aber wer hat schon einmal etwas von einer Papiermühle gehört?

Es hat in früheren Jahrhunderten in Deutschland und auch in
anderen Ländern viele dieser alten Papiermühlen gegeben. In
mühsamem und langwierigem Verfahren wurden dort Lumpen
zu Papier verarbeitet.

Eine schöne alte Papiermühle stand auch im Mühltale bei Jena.
Jetzt trägt nur noch der neben ihr erbaute Gasthof ihren Namen.
Früher war die Leutra ja nicht ein so unbedeutender Wasserlauf
wie heute. Mehrere starke Quellen speisten den kleinen Fluß, an
dem zuweilen acht Mühlen standen. Eine der Quellen, der Na-

senborn, war besonders stark. Er konnte schon kurz nach seinem Entspringen ein Mühlrad treiben. Dieses Mühlrad gehörte zur Nasenmühle. Sie war eine Mahlmühle und wird schon um 1400 in alten Chroniken erwähnt. 300 bis 400 Jahre hat die Nasenmühle Mehl gemahlen. 1657 kaufte sie ein Papiermacher aus Oberweimar. Er wollte sie in eine Papiermühle umbauen.

Dazu mußte aber der Herzog in Weimar die Erlaubnis geben. Doch der Herzog verlangte, daß die alte Nasenmühle erhalten bleiben müsse. Der Papiermacher Joachim Heinrich Schmidt sollte eine Papiermühle daneben errichten. Das tat der Papiermacher auch, und im Jahre 1658 war der neue Bau fertig. Nun konnte es also mit dem Papiermachen losgehen. Wer einmal eine moderne Papierfabrik besichtigt, der kann nur über die riesigen Maschinenanlagen staunen. Der breiige Holzschliff (das ist zerfasertes Holz) läuft durch verschiedene Vorbereitungsmaschinen auf die große Papiermaschine, wo er schließlich als fertige Papierrolle herauskommt. Früher war das ganz anders. Alles mußte mit der Handgemacht werden, und die dazu verwendeten Geräte waren höchst einfach.

Bevor die Arbeit überhaupt beginnen konnte, mußten erst einmal Lumpen gesammelt werden. Daß man aus Holz Papier machen kann, wurde erst viel später entdeckt. Frauen sortierten die Lumpen, reinigten und zerkleinerten sie. Dann kamen die Lumpen, auch Hadern genannt, in eine Grube, die mit Kalkwasser gefüllt war. An Stelle der Grube wurden auch manchmal große Bottiche verwendet. Faulbütte nannte man so einen Bottich, denn hier mußten die Hadern so lange liegen, bis sie faulten. War das geschehen, kamen die Lumpen in ein Stampfwerk. Ganz früher, so um 1550 herum, wurde dieses Stampfwerk durch Menschenkraft bewegt. Später betrieb man es mit Wasserkraft. Man nannte dieses Stampfwerk auch Geschirr. Die zerkleinerten Lumpen aber hießen Halbzeug. Durch das frische Wasser, das stetig durch das

Geschirr hindurchfloß, wurde dieses Halbzeug vollkommen gereinigt und immer mehr zerfasert. Jetzt hieß dieser Faserbrei Ganzzeug.

Stampfwerk

Das Ganzzeug wurde nun in einen großen Holzbottich getan, die Bütte genannt. Davor stand der Büttgeselle, der den Faserbrei aus der Bütte schöpfte. Er verwendete dazu eine Drahtsieb, das einen aufklappbaren Rahmen hatte. Jetzt hieß es schütteln und immer wieder schütteln, bis die Masse ganz gleichmäßig verteil auf dem Sieb lag. Auch die Fasern mußten gleichmäßig verfilzt sein. (siehe die Abbildung „Schöpfen der Bogen aus der Bütte")

26

Der Papyrer (Holzschnitt von Jost Amman)
Schöpfen der Bogen aus der Bütte

Dann reichte der Büttgeselle dieses Sieb einem andern Gesellen weiter. Der klappte den Rahmen auf und preßte den nun entstandenen Papierbogen auf ein Filztuch. Dieses Aufpressen nannte man Gautschen. Der man Mann, der diese Arbeit tat, hieß deswegen der Gautscher. Auf diesen aufgelegten Bogen kam nun gleich wieder ein filz. So ging es abwechseln: Filz, Papier, Filz, Papier, bis 181 Bogen zwischen 182 Filzen lagen. Jetzt wurde der ganze Packen unter eine Presse getan, die Gautschpresse, die das Wasser herauspreßte.

War das erledigt, nahm ein dritter Geselle, der Aufnehmer, die Bogen sehr vorsichtig von den Filzen herunter. Und nun hängte man sie regelrecht wie Wäsche zum Trocknen in der Henke auf. Das waren große Kammern, die als Trockenräume dienten. Inzwischen hatte man in der Leimküche aus Schafs- und Kalbsfüßen Leim gekocht. Vorsichtig wurde er auf die getrockneten, aber noch immer empfindlichen Bogen gestrichen. Nun mußte das Papier wieder getrocknet werden. Zuletzt aber kam das mühsame Glätten eines jeden einzelnen Bogens dran. Man benutzte oft einen Achat dazu – das ist ein Halbedelstein - gebrauchte aber auch andere polierte Steine. Jeder Bogen wurde so lange damit bearbeitet, bis er ganz glatt war. Diese Arbeit wurde oft von Frauen getan. Später hat man auch das Glätten nicht mehr mit der Hand gemacht. Man benutzte dazu einen Glätthammer, der mit Wasserkraft betrieben wurde. Aber ehe es zu dieser Neuerung kam, hat es viele Kämpfe und Schwierigkeiten gegeben.

Die Glätter fürchteten arbeitslos zu werden. Denn nun konnte jeder ungelernte Arbeiter die Bogen unter den Glätthammer schieben. Man führte damals auch noch eine andere Maschine ei, deren Anwendung ebenfalls auf großen Widerstand stieß, besonders bei den deutschen Papiermachern. Diese Maschine konnte die Hadern viel schneller zerfasern, als es mit dem alten Lumpenstampfer zu machen ging. Da die Maschine in Holland erfun-

28

Pressen der Bogen

den worden war, nannte man sie Holländer. Schon 1670 benutzte man sie zum ersten Male in Holland. Aber erst 40 bis 70 Jahre später wird der Holländer ganz vereinzelt in Deutschland angewendet. Geschirr, Glätthammer und Holländer standen sicher auch in der Jenaer Papiermühle.

Nun hatte jede Papiermühle ihr besonderes Zeichen, ihre Schutzmarke. Diese Schutzmarke war als sogenanntes Wasserzeichen auf jedem Bogen zu sehen. Der erste Jenaer Papiermüller schrieb wegen dieses Wasserzeichens an den Rat der Stadt. Er bat, ihm ein Zeichen anzugeben. Die Stadtverwaltung schlug vor, eine Weintraube zu verwenden. Jena war ja früher eine Weibauernstadt. Die Städtische Verwaltung holte für die Verwendung dieses Wasserzeichens die Erlaubnis der herzoglichen Verwaltung in Weimar ein. Der Herzog war mit der Weintraube auch einverstanden. Er wünschte aber, daß darüber noch das Fürstlich Sächsische Wappen gesetzt werde. Als Muster ließ er eine Federzeichnung dafür anfertigen. Wie kommt nun aber so ein Wasserzeichen in dem Papier zustande? Auf der Siebform, mit dem der Büttgeselle den Papierbrei aus der Bütte schöpft, sind Figuren und Buchstaben angebracht. Man nahm dazu Draht, den man annähte und anlötete oder schnitt die Schutzmarke aus Blech und befestigte sie auf dem Sieb. Die Papierschicht wurde dadurch an diesen Stellen dünner, so daß die Figuren oder Buchstaben heller erschienen als der restliche Bogen. Hält man so seinen handgeschöpften Bogen gegen das Licht, kann man das Wasserzeichen ganz deutlich erkennen.

Heute hat man auch noch Papiere mit Wasserzeichen. Die sind aber durch Maschinen hergestellt. Auch das echte, mit der Hand geschöpfte Büttenpapier wird nachgeahmt. Das handgeschöpfte Papier hat nämlich keinen festen Rand, sondern sieht aus, als ob es abgerissen wäre. Der Kenner sieht an der Art, wie die Papierfasern liegen, sofort, ob das Papier wirklich handgeschöpft oder

Trocknen der Bogen

mit der Maschine hergestellt ist. Alle Papiermüller der Jenaer Papiermühle haben ihre eigenen Zeichen gehabt. 1750 wurde zum ersten Male als Wasserzeichen das Wort JENA eingeprägt.

Sehr vielseitig waren die Aufträge, die die Papiermühle im Laufe der Zeit auszuführen hatte. Sie arbeitete hauptsächlich für die Universität und für das Amtsgericht. Aber auch Pack-, Zeichen, Noten, Brief- und Löschpapiere wurden erzeugt, dazu Tapeten und Bierfilze. Noch kurz bevor die Mühle ihre Arbeit einstellte, sind ganze Wagenladungen von Papier an die Apotheke in Bürgel geliefert worden. Auf diese Papiere waren Totenköpfe gedruckt. Man hatte es vergiftet, und verkaufte es nun als Fliegenfänger. Um die Fliegen anzulocken, mußte der Käufer es mit Zuckerwasser bestreichen.

Immer stärker wuchs der Bedarf an Papier. So viele Lumpen, wie zur Erzeugung der ungeheuren Papiermenge gebracht wurden, ließen sich nicht mehr beschaffen. In allen Ländern machte man Versuche, um aus anderen Rohstoffen Papier herzustellen. 1844 entdeckte Friedrich Gottlob Keller aus der sächsischen Stadt Hainichen einen neuen Grundstoff: das Holz. Damit begann langsam aber unaufhaltsam eine ganz neue technische Art der Papiererzeugung. In Porstendorf ist eine solche moderne Fabrik, die allerdings nur Pappen anfertigt.

1870 wußte die Jenaer Papiermühle ihren Betrieb einstellen. Sie konnte nicht so billig arbeiten wie die Fabriken mit ihren modernen Maschinen. 200 Jahre hatte sie in der alten Art ihr Papier erzeugt. Da die Mühle schon längere Zeit das Schankrecht besaß, wurde sie weiterhin als Gaststätte benutzt. 20 Jahre später erbaute man erst den Gasthof daneben, der seitdem den Namen Papiermühle trägt. Die alte Mühle wurde an die Stadt verkauft, die sie zu Wohnungen ausbaute. 1905 ist das Mühlengebäude dann vollständig abgerissen worden. In der alten Mühlenlinde, die

heute noch steht, sollen die Mühlenkinder früher herum-
geklettert sein. Fachleute schätzen das Alter dieser Linde auf ungefähr 400 Jahre. Sie hat sicher viel gesehen und erlebt und könnte uns manches erzählen aus der Zeit, da man in mühsamer
Handarbeit Paper herstellte.

EIN LEUTRAHOCHWASSER

Unsere Leutra kommt als ein unschuldiges Bächlein aus dem
Mühltal, um ebenso die Stadt zu durchfließen und im Paradies in
die Saale zu münden. Sie bildet die Freude vieler Kinder, die
stundenlang an ihrem Wasser spielen und ebenso die Freude der
spazierengehenden Erwachsenen, denn fließendes Wasser macht
eine Landschaft immer reizvoll. Man traut der Leutra jetzt kaum
zu, daß sie im vorigen Jahrhundert auf ihrem Wege acht Mühlräder bewegt haben soll, von der Papiermühle am Rande der Stadt
angefangen bis zur Marktmühle. Vor 50 Jahren, als ich als Stu-
dent nach Jena kam, war sie noch ein ansehnlicher Bach, der von
zahllosen Forellen belebt war. Freilich war ihr auch damals schon
ein Teil ihrer Kraft genommen, indem man mehrere ihrer Quellen
abgegraben und deren Wasser der städtischen Wasserleitung
zugeführt hatte. Diesen Raub am Wasser der Leutra, der freilich
für die Stadt eine Notwendigkeit war, setzte man noch verschiedene Male fort, so daß schließlich die Quellen für die Leutra gar
nichts zu geben hatten. Nur noch der Überlauf der Quellen
kommt ihr zugute. Wenn die Quellen viel schütten, daß die
Pumpen für die Wasserleitung nicht gleich alles schlucken können, fließt dieses Zuviel ins Leutrabett. Dieser Zustand bringt es
mit sich, daß in trockenen Sommern die Leutra im Mühltal ganz
ohne Wasser ist und erst wieder Leben bekommt, wenn es auf

den Herbst zugeht und Nebel und Regen die Landschaft wieder feuchter machen. Bei diesem geschilderten Zustand kann es einen wundern, daß die Leutra auch zu Zeiten ungebärdig werden und großes Unheil anrichten kann. Das erlebte ich am 25. September 1909. Als ich an diesem Tage früh in die Schule ging, regnete es stark. Schon seit ein Uhr nachts war ununterbrochen starker Regen gefallen. Dieser dauerte an bis 14 Uhr. Die meteorologische Station in Jena hat für diese 13 Stunden eine Niederschlagshöhe von 94,2 mm gemessen. Das ist für Jena eine ungewöhnlich hohe Menge, ist es doch etwa der sechsten Teil des gesamten Jahresniederschlags, der da an einem halben Tag gefallen war. Dieser regen hatte aber auch das gesamte Einzugsgebiet des Leutrabaches getroffen, d. h. die Fluren und Wälder von Vollradisroda, Münchenroda, Großschwabhausen, Isserstedt, Lützenroda und Cospeda. Das ist ein Landgebiet von 38 Quadratkilometern. Einige Stunden lang wurde ja der größte Teil dieses Niederschlages von den Klüften, Rissen und Spalten des Muschelkalkes aufgenommen und gespeichert, der den Untergrund des Quellgebietes der Leutra überall bildet. Aber als der Tag vorzurücken begann, war der Boden von Wasser gesättigt. Die schon vorhandenen Zuflüsse der Leutra aus dem Münchenrodaer und dem Groschwabhäuser Grund und aus dem Ziskaner Tal stiegen schnell an, und Hunderte neuer Wasseradern hatten sich gebildet und schickten ihr Wasser alle der Leutra zu. Diese schwoll von braungelben, rasch dahinjagenden Fluten ungemein an. Schon in der Gegend der Papiermühle traten sie mit großem Getöse über die Ufer. Weiter brachte das Wasser viel Gesträuch und Wurzelwerk mit sich, ja ganze losgerissene kleine Bäume, Zaunlatten und Bretter. Der ebene Platz vor der Weidigmühle glich bald einem brodelnden See. An der damaligen Talstraße und Jahnstraße jagte das Wasser vorbei.

Die beiden Durchlässe unter der Katharinenstraße und am Zie-
gelmühlenweg konnten das Wasser nicht fassen. Es schoß darüber hinweg und breitete sich weit aus. Das Wasser floß nun in der
Höhe des Lommerweges. Der an der Blumenstraße beginnende
unterirdische Lauf der Leutra war durch einen Holzrost ge-
schützt. Dieser war im Nu verstopft, und die braune Flut erfüllte
den Carl-Zeiss-Platz. Von hier nahm sie ihren Weg durch die
Abbestraße an der Post vorbei und breitete sich über den ganzen
Engelplatz in Halbmeterhöhe aus. Dann schoß sie durch die
Grietgasse und über den Hof der Paradiesschule der Saale zu, um
sich über die Eisenbahngeleise hinweg mit dieser zu vereinigen.
Die Eisenbahn fuhr damals noch nicht auf dem erhöhten Damm.
So hatte die Leutra wieder Weg genommen, den sie ursprünglich
überhaupt geflossen ist. Ihr jetziger Lauf in die Unterführung bei
der Blumenstraße und dann an der Haeckelstraße entlang ist ihr
gewiesen war ihr zugewiesen worden, als unsere Vorfahren den
Wasserlauf durch die Grietgasse als großes Verkehrshindernis
empfanden.

Unsere Schule, an der ich damals als Lehrer tätig war, befand sich
in der Grietgasse, in dem Garten hinter der jetzigen Hermann-
Winzer-Schule. Früh hatte ich durch den Regen na noch hingehen
können. Aber als mittags die Schule zu Ende war, konnten wir
nicht nach Hause, denn wir waren von Wasser eingeschlossen.
Ein Teil der Fluten hatte ja auch seinen Weg durch die Knebel-
straße ins Kleine Paradies genommen. Ich aber hätte die Grietgasse aufwärts, über den Engelplatz und in die Westbahnhofstraße gehen müssen. Das aber war unmöglich, denn ich hätte bis
über die Knie durch reißendes Wasser waten müssen. In den spä-
teren Vormittagsstunden hatte der Regen nachgelassen und hörte
gegen 14 Uhr auf. Inzwischen war es auch der Feuerwehr gelun-
gen, den Durchlaß des Leutralaufes bei der Blumenstraße wieder
frei zu machen, so daß das Wasser wieder den ihm gewiesenen

unterirdischen Lauf und dann an der Haeckelstraße entlang ins Paradies zu seiner dortigen Mündung in die Saale nehmen konnte. Vom Engelplatz und der Grietgasse verlief sich das Wasser bald, und ich konnte nun auch nach Hause gehen und noch zu einem verspäteten Mittagessen kommen.

Was aber hatte die Flut angerichtet! Zwischen Papiermühle und Paraschkenmühle breitete sich etwa 50 Meter breit eine Wüste von Kies und Steinen, die zum Teil kopfgroß und noch größer waren, aus. Im eigentlichen Leutrabett waren da und dort bis zu einem Meter tiefe Furchen gerissen. In der Talstraße, wo ja die Leutra direkt hinter den Häusern vorbeifloß, waren drei ältere von diesen, die wohl auch unvollkommen fundamentiert gewesen waren, unterspült worden und waren eingestürzt. Zeissplatz, Engelplatz und die betroffenen Straßen waren mit einer hohen Schicht von Schlamm und Steinen bedeckt, und eine große Anzahl städtischer Arbeiter mußte in mehrtägiger Anstrengung die Straßen wieder sauber machen. Lenken wir den Blick etwas näherauf die Sinkstoffe, d. h. die Menge der Erde und Steine, die die Leutra bei solchen Hochwassern mit sich führt. Ein Geologe von der Universität, Professor Johannes Walther, hat darüber genaue Untersuchungen angestellt. Er legte nicht ein so außergewöhnliches Hochwasser wie das geschilderte zugrunde, sondern nahm nur einen Gewittertag, der allerdings auch die Leutra hatte anschwellen lassen und ihr Wasser braun gefärbt hatte. Da die Leutra an jenem Tage nach seiner Untersuchung jede Sekunde vier Kubikmeter Wasser in die Saale schickte, wobei sich in jedem Kubikmeter dreißig Kilogramm Sinkstoffe befanden, so transportierte sie an diesem Tag so viel Bergmaterial in die Saale, daß man damit fünf Güterzüge mit je zweiundfünfzig Wagen hätte beladen können.

Und das tut die Leutra auf ihrem Lauf von nur sechs Kilometer Länge. Aus diesem Beispiel können wir gut erkennen, welche

36

Wirkung die Flüsse bei der Gestaltung der Landschaft ausüben, wie sie im Laufe der Jahrhunderte und Jahrtausende ihre Täler immer tiefer einnagen und die sie umgebenden Berge abtragen.

Bei der Leutra kommt erschwerend hinzu, daß sie auf ihrem Lauf ein starkes Gefälle hat. Es beträgt vom Gasthaus Carl August im Mühltal bis zur Mündung im Durchschnitt auf neunundfünfzig Meter Lauf einen Meter Fall, während die Saale auf ihrem Lauf von Rothenstein bis Dornburg, also an Jena vorbei, auf je tausend Meter nur einen Meter fällt.

So wild, wie wir es hier geschildert haben, gebärdet sich die Leutra wohl nur alle Menschenalter einmal. So berichtet die Chronik von einem großen Hochwasser am 28. Juni 1830. Und ganz gewaltig, sicher noch schlimmer als bei meinem Erlebnis, war die Hochflut der Leutra bei der sogenannten thüringischen Sintflut am 29. Mai 1613. Am schlimmsten wurde ja damals das Leutratal bei Göschwitz und dem Dorfe Leutra durch die dortige Leutra verheert, aber auch unser Leutra richtete damals gewaltige Schäden an.

Solche Hochwasser der Leutra können auch in unserer Zeit und später wieder auftreten, denn man kann kaum etwas tun, was sie verhindern könnte. Gegen Wolkenbrüche oder starke Dauerregen im Einzugsgebiet der Leutra ist der Mensch machtlos. Eine Talsperre kann man aus wirtschaftlichen Gründen nicht errichten. So hat man wenigstens das Bett der Leutra hinter den Kliniken zementiert, damit das Wasser glatt abfließen kann. Freilich zur Verschönerung der Landschaft trägt das nicht bei.

Inhalt

Die Geschichte von der Leutra

Von Dr. Johannes Bescherer 5

Pläne der Leutra und der Mühlen

Von Adolf Giltsch 20

Die Straßenfege mit Leutrawasser 15

Wie früher in Jena Papier hergestellt wurde

Von Maria Holzey 24

Ein Leutrahochwasser

Von Albert Böhm 33

Titelzeichnung (Tor der ehemaligen Ölmühle) und Illustrationen: Kurt Löffler